Eduardo Zamora y Cal

Enmendar la plana a Dios

Eduardo Zamora y Caballero

Enmendar la plana a Dios

Reimpresión del original, primera publicación en 1878.

1ª edición 2024 | ISBN: 978-3-36805-098-6

Verlag (Editorial): Outlook Verlag GmbH, Zeilweg 44, 60439 Frankfurt, Deutschland
Vertretungsberechtigt (Representante autorizado): E. Roepke, Zeilweg 44, 60439 Frankfurt, Deutschland
Druck (Imprenta): Books on Demand GmbH, In de Tarpen 42, 22848 Norderstedt, Deutschland

ENMENDAR LA PLANA Á DIOS,

PASILLO INVEROSIMIL CON RIBETES DE FILOSOFICO

EN UN ACTO Y EN VERSO,

POR

DON EDUARDO ZAMORA Y CABALLERO.

Representado por primera vez en el Teatro ESPAÑOL la noche del 12
de Octubre de 1878.

MADRID.

1878.

PERSONAJES.	ACTORES
MARUJA.......................	D.ª F. García.
RITA.............................	D.ª E. Gorriz.
DON LUCAS.....................	D. M. Fernandez.
DON PEDRO.	R. Guerra.
GINÉS...........................	G. Peña.
DON ROQUE....................	J. Calvo.
DON ARTURO.	A. C. Revilla.
Hombres y mujeres del pueblo.	

La accion en Madrid.—Época actual.

AL EXCMO. SR. D. FEDERICO VILLALVA.

Amigo mio: Hace mucho tiempo que le ofrecí dedicarle una comédia. En su lugar le envio este pasillo, seguro de que usted no ha de tomar en cuenta el número de versos, sino el antiguo y verdadero cariño de su invariable amigo

E. ZAMORA Y CABALLERO.

DOS PALABRAS.

Hace ya bastantes años que la lectura de un artículo humorístico, publicado en un periódico francés, me inspiró el pensamiento de este pasillo.

Algun tiempo despues se representó en el teatro de la Alhambra un capricho filosófico-burlesco, titulado «*El elixir de la vida*,» cuyo pensamiento tiene á primera vista ciertos puntos de contacto con el mio, y esto, juntamente con la fria acogida que hizo el público á aquel juguete, á pesar de su indisputable mérito literario, me hizo casi abandonar mi propósito.

Pero luego pensé que entre la obra del Sr. D. José Fernandez Bremon y la que yo habia concebido existía una diferencia tal, que eran en realidad dos cosas distintas.

El químico del Sr. Bremon no ha inventado un elixir para resucitar los muertos, sino para conservar la vida á los vivos, los cuales, como es natural, acogen en triunfo al inventor, y si bien el médico y el marmolista, por razon de sus profesiones, procuran amotinar al pueblo contra él, lo cierto es que cuando se descubre que el invento es un engaño, lo llevan á la cárcel y todos derraman lágrimas al saber que ya no son inmortales.

Entre la inmortalidad de los vivos y la resurreccion de los muertos hay una distancia inmensa. La primera traería inconvenientes, pero sería bien acogida por todos, y esto es lo que sucede en la ingeniosísima obra del Sr. Bremon. La segunda, destruyendo todos los

derechos creados por la muerte, convertiría la socie-
dad en un caos, y esto es lo que me he propuesto
hacer ver bajo la modesta forma de un pasillo cómico.

Y dadas estas explicaciones, réstame solo dar las
gracias á la prensa por la benevolencia con que ha
juzgado mi trabajo, y á los actores por el esmero que
han puesto en su representacion.

E. ZAMORA.

ACTO ÚNICO.

El teatro representa la trastienda de una botica. Puertas
laterales y al foro.

ESCENA PRIMERA.

D. LUCAS, GINÉS.

GINES. Señor, estamos perdidos,
ó ya no hay ningun enfermo
ó las gentes se han cansado
de píldoras y remedios.
LUCAS. Sí, la farmacia atraviesa
por un período tremendo;
la ciencia va á perecer.
GINES. No tal, los que perecemos
somos nosotros, señor,
que no tenemos un céntimo.
LUCAS. No hay que apurarse, Ginés.
GINES. Pues motivo hay para ello.
LUCAS. En las grandes situaciones
es donde se ven los genios.
GINES. Lo que yo quisiera ver
es un poco de dinero.
LUCAS. Sólo el hombre que no tiene
albergada en su cerebro
bastante masa encefálica,

es decir, que es un jumento,
se ocupa de esa miseria.

GINES. La miseria es no tenerlo.

LUCAS. Pero los que consagramos
la existencia y el talento
al cultivo de la ciencia,
pensamos en el progreso,
en el mañana...

GINES.   Y si hoy,
señor don Lucas, me muero,
¿á qué es pensar en mañana
si no he de llegar á verlo?
El progreso con jamon
es gran cosa, lo comprendo;
pero el progreso en ayunas
ni es comida, ni es progreso.
Aquí me tiene usté á mí
que paso la vida oyendo
que el mundo marcha, mas yo
resueltamente lo niego.
En España en pocos años
ha habido varios gobiernos,
pero yo estoy todavía
en el de don Amadeo,
que el último peso duro
que ví hace ya mucho tiempo
ostentaba en el grabado
su rostro barbudo y serio.

LUCAS. Hombre, confieso que tienen
gran fuerza tus argumentos,
y en confianza te digo
que mi desprecio al dinero
reconoce como causa
principal que no lo tengo.

GINES. Eso es hablar en razon.

LUCAS. Mas dentro de poco espero
que cesen estos apuros,
y entrambos á dos nademos
en la opulencia.

GINES.   Mas cómo?

LUCAS. Has olvidado mi invento?

GINES. No señor.

LUCAS. Ese elixir
que resucita los muertos.

GINES. Pero si nadie lo compra,
á pesar de que usté ha puesto
en casi toda la prensa
anuncios tan estupendos
que los del doctor Garrido
no tienen que ver con ellos.

LUCAS. Eso consiste en que está
desacreditado el método.
Como hay en el mundo tantos
charlatanes, embusteros
que sin pudor ni conciencia
mienten á diestro y siniestro,
la desconfianza á todos
nos mide por un rasero.
Las gentes no habrán creido
en la virtud de mi invento,
y por esa razon nadie
viene á comprarlo.

GINES.   Es un hecho.

LUCAS. Pues para dar una prueba
palpable de que no miento,
he anunciado que mañana
voy contigo al cementerio,
y allí en presencia de todos
cuantos acudan á verlo,
volveré á la vida gratis
á doce ó catorce muertos.
Figúrate tú qué triunfo!
Me harán príncipe lo ménos,
y por comprar mi específico
habrá puñaladas.   •

GINES.   Cierto.
Mas si sale mal la prueba...

LUCAS. Qué?

GINES.   Nos molerán los huesos
á palos.

LUCAS.   Es natural.

GINES. Cómo natural?

LUCAS.   El pueblo
cuando se encuentra burlado

suele usar ese argumento
para demostrar su ira;
mas yo, Ginés, nada temo.

GINES. Pero usté cree de veras
que su específico...

LUCAS. Creo.
Como creerás tú mismo
cuando sepas mi secreto.
¿No has oido muchas veces
cuando hay un vino muy bueno
decir que será capaz
de resucitar á un muerto?

GINES. Sí señor; pero es el caso
que nunca he visto ese efecto.

LUCAS. Si se lo beben los vivos
cómo lo has de ver, mostrenco?

GINES. Es verdad.

LUCAS. Pues mi específico...
pero guárdame el secreto.

GINES. Sí señor.

LUCAS. No es más que un vino
disfrazado.

GINES. Ya comprendo.
Es una idea magnífica.

LUCAS. Y sencilla.

GINES. Ya lo creo.

LUCAS. Como todo lo sublime,
todo lo grande...

GINES. En efecto.
¿Conque mañana es la prueba?

LUCAS. Mañana; y si como espero
sale bien, en pocos meses
seré más rico que Creso.

ESCENA II.

DICHOS, D. ROQUE.

ROQUE. ¿Quién es don Lucas?

LUCAS. Yo soy.

ROQUE. El boticario?

Lucas.   Sí á fe.
Roque. Deseo hablar con usté.
Gines. Estorbo?
Roque.   Sí.
Gines.   Pues me voy.
(Váse por la derecha.)

ESCENA III.

D. LUCAS, D. ROQUE.

Lucas. Ya escucho. Tome una silla.
Roque. Creo que en lugar de hablar
mejor sería empezar
por romperle una costilla.
Lucas. No soy yo de esa opinion;
la gente se entiende hablando.
Roque. Pero el que empieza pegando
se ahorra la discusion.
Lucas. La discusion da la luz;
y en el siglo en que vivimos
no pegamos, discutimos.
Roque. No soy ningun avestruz,
ni son mis instintos malos;
mas lo juro á fe de Roque
que el hombre y el alcornoque
no dan fruto más que á palos.
Lucas. Supongo que usté quería
al venirme á visitar
algo más que proclamar
tan amable teoría.
Roque. Yo soy un hombre de bien;
tengo ya cincuenta años,
y un millon de desengaños
y de alifafes tambien.
Soy militar.
Lucas.   Lo creía.
Roque. No tengo deudas ni vicios,
y no hay hoja de servicios
tan limpia como la mia.
Sin meterme en el infierno
de arreglar á la nacion,

          no he tenido otra opinion
          que obedecer al gobierno.
          Yo pegué á los progresistas
          hasta romperme las manos;
          luégo á los republicanos
          y despues á los carlistas.

LUCAS.   Pues diga usted, y no miente,
          que su destino nefando
          ha sido vivir pegando
          á todo bicho viviente.

ROQUE.   En mi respeto profundo
          á la ley,.no es cosa extraña.

LUCAS.   Es verdad, como en España
          se subleva todo el mundo...

ROQUE.   Cierto.

LUCAS.   Mas segun se ve
          esto no explica en rigor
          á qué debo yo el honor
          de la visita de usté.

ROQUE.   Cobrando haberes exíguos
          y sirviendo con afan,
          he llegado á capitan
          y soy de los más antiguos.
          Para pasar la velada
          suelo con mucha frecuencia
          leer *La Correspondencia*,
          que es como no leer nada..
          Ayer en ella leí
          como cosa singular
          que iba usté á resucitar
          unos cuantos muertos.

LUCAS.   Sí.

ROQUE.   Pues si en esa promocion
          hay siquiera un comandante,
          me quita usté una vacante
          y le rompo el esternon.

LUCAS.   Esa desgracia horrorosa
          no sabré cómo evitar,
          pues la clase militar
          siempre ha sido numerosa:

ROQUE.   Pues si no tiene el capricho
          de perecer á mis manos,

resucite usté paisanos..
Abur.

LUCAS.   Oiga usté.
ROQUE.   (Desde la puerta.) Lo dicho. (Váse.)

ESCENA IV.

D. LUCAS, luégo GINÉS.

LUCAS.   (Pensativo.) Cuando la necesidad
mi invento me sugirió,
no había contado yo
con esta dificultad.
GINES.   (Entrando.) Se marchó ese atrabiliario?
LUCAS.   Sí.
GINES.   Querría á no dudar
que haga usté resucitar...
LUCAS.   Quiere todo lo contrario.
GINES.   Cómo? es posible?
LUCAS.   Lo es.
GINES.   Mire usté que hay corazones...
LUCAS.   Lo que es él tiene razones...
Ya te explicaré despues.

ESCENA V.

DICHOS, MARUJA.

MARUJA. Don Lucas el boticario?
LUCAS.   El farmacéutico.
MARUJA.   Bueno.
¿Vive aquí?
LUCAS.   Yo soy.
MARUJA.   Usté
es el que levanta muertos?
LUCAS.   No tal. Yo los resucito.
MARUJA. Lo mismo da.
GINES.   No, protesto!
MARUJA. Usté se calla la boca.
GINES.   Y por qué?
MARUJA.   Porque yo quiero.
GINES.   Gran razon!

MARUJA.   Yo soy Maruja. (Á D. Lucas.)

LUCAS.   Maruja? Bien, lo celebro.

MARUJA. Ahora me han puesto en pitillos.

LUCAS.   En pitillos, y qué es eso?

MARUJA. Hombre, que soy cigarrera.

LUCAS.   Eso sí que lo comprendo,
pero como yo no fumo...

MARUJA. Que usté no fuma?

LUCAS.   Ni olerlo.

MARUJA. Ya me figuraba yo
que sería usté algun memo.

LUCAS.   Mil gracias.

MARUJA.   No las merece.

LUCAS.   Con el humo me mareo
y no voy nunca al café.

MARUJA. Porque no tendrá usté un céntimo.

LUCAS.   Es verdad, pero ademas
por no respirar el denso
y enrarecido vapor
de ochenta ó cien coraceros
que vician toda la atmósfera.

MARUJA. La atmósfera...

LUCAS.   Sí.

MARUJA.   Y qué es eso?

LUCAS.   Eso es lo que se respira,
lo que sirve de alimento
al pulmon...

MARUJA.   Diga usted aire
y todos lo entenderemos.

LUCAS.   El aire forma la atmósfera
y es un fluido compuesto
por hidrógeno y oxígeno.

MARUJA. Á mí no me hable usté en griego
ni se quede usté conmigo,
porque no se lo consiento.

LUCAS.   Es por explicar á usté...

MARUJA. Si yo no quiero saberlo,
porque para hacer pitillos
no hace falta nada de eso.

LUCAS.   Usted desdeña el saber,
mas yo que no lo desdeño
y por saber estoy siempre

devanándome los sesos,
quisiera que me explicára
de esta visita el objeto.

MARUJA. Se lo explicaré en seguida.
Me han dicho, no sé si es cierto
ó si es que usté se propone
largarnos algun camelo,
que mañana ú otro dia
va usté á ir al cementerio.

LUCAS. Mañana, mañana mismo.

MARUJA. Pues si es de veras, me alegro
de haber venido.

LUCAS. También
con toda el alma celebro
ver que ya de mi invencion
llega la noticia al pueblo.

MARUJA. Vaya, pues si hoy en la Fábrica
no se hablaba más que de eso.

LUCAS. De veras?

MARUJA. Y en la plazuela.

GINES. Habrá un entusiasmo inmenso.

LUCAS. Qué gloria!

MARUJA. Las cigarreras
querían venirse luégo.

LUCAS. Á darme gracias?

MARUJA. Á darle
un escándalo tremendo,
á romperle los cacharros,
y pueda ser que algun hueso.

LUCAS. Hija, qué barbaridad!

GINES. Vaya un agradecimiento!

MARUJA. Como que han subido un cuarto
hoy el pan los tahoneros.

LUCAS. No lo ignoro, pero yo
¿qué tengo que ver con eso?

MARUJA. Vaya, usté tiene la culpa.

LUCAS. Cómo?

MARUJA. Lo que dicen ellos,
si los muertos resucitan
claro, habrá que mantenerlos
y *velay*, cuantas más bocas
irá más escaso el *género*

2

y *cualesquiera* comprende
que habrá que subir los precios.

GINES. Ya, y ellos por sí ó por no
han empezado subiéndolos.

LUCAS. Qué prevision!

MARUJA. Y es muy fácil
que *haiga* algun pronunciamiento
de que usté sea la causa.

LUCAS. (Esto se pone muy feo.)
Y ha venido usté á avisarme?....

MARUJA. No señor, traigo otro objeto.

LUCAS. Pues hable usted, que ya escucho.

MARUJA. Hace dos años y medio
que se murió mi marido
y quedé viuda.

LUCAS. Comprendo,
¿quiere usted que resucite
al difunto?

MARUJA. No, no es eso.
Mi marido se llamaba
Juan Rodriguez, y era un perro
mejorando lo presente.

LUCAS. Gracias.

GINES. Mil gracias.

MARUJA. Silencio!.
Me daba tan mala vida
que si no se hubiera muerto,
ya estaría él en presidio
y tal vez yo en el *Modelo.*

GINES. (Allí debías estar
desde hace ya mucho tiempo.)

MARUJA. Porque yo cuando me pongo,
vaya, soy atroz...

LUCAS. Lo creo.
Tiene usté una idiosincrasia...

MARUJA. Escuche usté, so estafermo,
el sin gracia será usté
porque yo bastante tengo...

LUCAS. Dice usté bien, que no es poca.
(Quiere abrazarla.)

MARUJA. Á ver si está usté quieto
ó le sacudo un revés

que le pongo como nuevo.

LUCAS. ¿Pero se puede saber
á qué viene todo eso?

MARUJA. Si usté no me deja hablar.

LUCAS. Hable usté.

MARUJA.   Pues voy á ello.
El otro...

LUCAS.   Quién es el otro?

MARUJA. Un amigo que yo tengo
y no ha podido venir
porque está en el Saladero.

LUCAS. Buen sitio!

MARUJA.   Eso no es deshonra,
porque allí muchos sujetos.

LUCAS. Sí, toda la aristocracia.

MARUJA. Él no ha estado nunca preso
desde que vino de Ceuta.

GINES. (Debe ser un caballero.)

MARUJA. Y como está consentido,
si ahora resucita el muerto
no le hará ninguna gracia.

LUCAS. Es verdad.

MARUJA.   Y aunque está preso,
como no es por nada malo...

GINES. (No será por nada bueno.)

MARUJA. El escribano me ha dicho
que muy pronto saldrá absuelto,
y en cuanto salga, se viene
á buscarle á usté derecho
y puede que en la barriga
le abra á usté algun agujero.

LUCAS. Á mí, por qué?

MARUJA.   Toma, es claro.
Si usté resucita al muerto...

LUCAS. No lo resucitaré.
Dónde está?

MARUJA.   En el cementerio.

LUCAS. Pero dónde?

MARUJA.   Qué sé yo?

LUCAS. En la fosa comun?

MARUJA.   Cierto.
Él se llamaba Rodriguez.

GINES. Pues es fácil conocerlo.
LUCAS. Sí; se le pide la cédula
        de vecindad y al momento.
MARUJA. Si usté no lo resucita...
LUCAS. Palabra de honor, y espero
        que usted agradecerá
        de alguna manera...
MARUJA.   Vuelvo. (Váse.)

ESCENA VI.

D. LUCAS, GINÉS.

GINES. Qué fina es!
LUCAS.   Y que amante
        de su esposo!
GINES.   Por supuesto.
LUCAS. Ya me van á mi irritando
        tantos entorpecimientos.
GINES. Voy á salir á la puerta
        de la calle, á ver si advierto
        algun síntoma que anuncie
        el atroz pronunciamiento
        de que habla la cigarrera.
LUCAS. Me parece muy bien hecho.
        (Váse Ginés por el foro.)

ESCENA VII.

D. LUCAS, solo.

Galileo halló la hoguera
en premio de sus afanes:
encadenado Colon
hubo de surcar los mares,
y tal es la humanidad,
que ninguna duda cabe
que el que siembra beneficios
sólo cosecha pesares.
Por estas y otras razones
voy creyendo muy probable
que á mí en justa recompensa

de mis científicos planes
me peguen antes de mucho
una zurra que me balden.

ESCENA VIII.

D. LUCAS, D. ARTURO.

ARTURO, Don Lucas Navalmorillo?
LUCAS. Servidor de usté. Adelante.
ARTURO. Es usted el charlatan
    embustero y miserable,
    que ofrece volver la vida
    á no sé cuántos cadáveres?
LUCAS. Le ruego á usté, señor mio,
    que modere su lenguaje,
    ó que se ponga al momento
    de papitas en la calle.
    Ya estoy cansado de oir
    insultos y necedades
    y voy á romper de un palo
    el alma al primer petate
    que se me suba á las barbas.
ARTURO. Hombre, no hay que incomodarse.
    Si le he llamado embustero
    y charlatan miserable,
    le puedo jurar que ha sido
    sin ánimo de injuriarle.
LUCAS. Entónces es otra cosa.
    Nada, puede usted sentarse. (Se sientan.)
ARTURO. (No le creí tan valiente.)
LUCAS. (Por fortuna es un cobarde.)
ARTURO. Hombre, yo quiero que hablemos
    sin reticencias ni ambajes,
    que es como mejor se tratan
    los asuntos importantes.
LUCAS. Pues la franqueza es mi fuerte;
    ya puede usted explicarse.
LUCAS. Yo soy médico y usted
    trata de arruinar la clase
    si realiza su propósito
    de resucitar cadáveres.

LUCAS.   Nada de eso, amigo mio.

ARTURO.   Sí tal. Es cosa indudable.

LUCAS.   El que yo les dé la vida
          no impide que usté los mate.
          Al contrario, entre los dos
          tiene que haber cierto enlace,
          yo le proporciono vivos
          para que usted los despache,
          y usted en cambio, doctor,
          me surte á mí de cadáveres
          en que ejerza mi específico
          sus virtudes admirables.
          Esta reciprocidad
          de servicios es tan grande
          que hará nuestras profesiones
          hermanas en adelante.

ARTURO.   No señor, cuando la gente
          sepa de un modo indudable
          que puede resucitar
          tomando un simple jarabe,
          no habrá ninguno tan tonto
          que se moleste en curarse.

LUCAS.   Hombre, el argumento es fuerte.

ARTURO.   Ya lo creo, incontestáble.

LUCAS.   Pues amigo, yo lo siento
          más sería un disparate
          que esa consideracion
          me detuviera un instante
          para dar publicidad
          á un invento que ha de darme
          honores, gloria y riqueza.
          El progreso, ya se sabe,
          es la ventaja de todos
          con el perjuicio de álguien,
          y hasta ahora, que yo sepa,
          no se le ha ocurrido á nadie
          que el ferro-carril es malo,
          por más que deje cesantes,
          á miles de carreteros
          postillones y zagales.

ARTURO.   Sí, pero la clase médica...

LUCAS.   Qué le debo yo á la clase?

Los médicos de otros tiempos,
sí, recetaban en grande,
y la farmacia vivía;
mas de algun tiempo á esta parte
se han dado á no recetar
más que baños minerales,
alimentos nutritivos,
paseos, cambio de aires,
y otras cosas que el enfermo
se proporciona de balde,
ó no encuentra en la botica.

ARTURO. La medicina espectante...

LUCAS. Hace á los médicos ricos
y á mí me mata de hambre.

ARTURO. Ricos? No lo crea usted.
Si ya no hay enfermedades.
Hoy todo el mundo se cura
ó se muere en un instante,
y el médico apenas cobra
seis visitas miserables.
Qué más? hombre, hasta la tisis
da en hacerse galopante,
y se lleva por la posta
las gentes á centenares.

LUCAS. Esas son vanas palabras
que no convencen á nadie.
Mientras usted, de seguro
gana miles de reales,
se olvida del boticario,
y no receta jarabe.

ARTURO. Hombre, no, yo no receto.

LUCAS. Ve usted?

ARTURO.   Deje usted que acabe.
Soy homeópata.

LUCAS. (Levantándose indignado.) Usted?
Y se atreve á presentarse
en mi casa? Qué insolencia!

ARTURO. Caballero! (Se levanta.)

LUCAS.   De coraje
voy á estallar. ¿Conque usted
es uno de esos farsantes
que llevan la petaquita

y dan remedios de balde,
tal vez porque están seguros
de que cobran lo que valen?

ARTURO. Señor mio.

LUCAS.   Caballero!

ARTURO. Ese insulto pide sangre.

LUCAS. Tome usté acónito.

ARTURO.   Acónito?

LUCAS. He dicho algun disparate?
¡Tomar cuatro globulitos
no es lo mismo que sangrarse?
Pues nada, ande usté con ellos.
No tema que yo le ataje.

ARTURO. Conque no cede usted?

LUCAS.   Nunca.
Aunque fuera usted mi padre.
La homeopatía y yo
somos irreconciliables,
hay entre los dos un mundo
de incompatibilidades.

ARTURO. Pues guerra!

DUCAS.   Sí, guerra á muerte.

ARTURO. Le juro que ha de pesarle.

LUCAS. Yo estoy siempre en mi farmacia.

ARTURO. Y yo me voy á la calle. (Váse.)

ESCENA VIII.

D. LUCAS, GINÉS.

GINES. (Entrando.)
Señor, hay síntomas malos.

LUCAS. De buen humor estoy yo.

GINES. Me huele que va á haber palos.

LUCAS. Te han pegado alguno?

GINES.   No.
Mas la gente bullanguera
se va saliendo de quicio,
así como si quisiera
armar algun rebullicio.
Hay varios grupos rondando

            por estos alrededores,
            y los chicos van gritando
            con trompetas y tambores.

LUCAS. Como viene á más andar
            la pascua, es cosa corriente,
            estos dias atronar
            los oidos á la gente.

GINES. No lo encuentro yo tan llano,
            y voy temiendo en verdad
            que haga el pueblo soberano
            alguna barbaridad.

LUCAS. Pues en ese caso espero
            cumplir con mi obligacion.

GINES. Cuál es?

LUCAS.   La del artillero,
            morir al pie del cañon.

ESCENA IX.

DICHOS, RITA, PEDRO, vestidos de negro.

PEDRO. Ave María! (Desde la puerta.)

LUCAS.   Adelante.

GINES. (Facha más estrafalaria.)

LUCAS. (Serán de la *Funeraria*
            á juzgar por el talante.)

RITA. Ántes de hablar le diré
            que nuestra intencion es buena.

PEDRO. Venimos de la novena.

LUCAS. Hombre, ¿qué me cuenta usté?

PEDRO. Donde con afan sencillo
            pedimos á Dios mercedes.

LUCAS. Por mí, aunque vengan ustedes
            de torear un novillo.

RITA Torear? Qué dice usté?

LUCAS. No quiero que les ofenda.

PEDRO. Dios nos libre y nos defienda.

RITA. Jesús, María y José.

LUCAS. ¿En qué les puedo servir?

RITA. En asunto de interés.

LUCAS. Digan ustedes cuál es.

PEDRO. Yo se lo voy á decir.

RITA. Yo á pesar de mi quebranto
lo explicaré.

PEDRO. No porfío.

RITA. Oiga usted; yo tengo un tio.

LUCAS. Dónde está?

RITA. En el Campo Santo.

LUCAS. Eso segun yo barrunto
no es causa de gran afan,
estará de capellan.

PEDRO. No tal, está de difunto.

LUCAS. Ah, vamos.

RITA. El pobrecito
era lo más bondadoso...

PEDRO. Afable, humilde, piadoso.

RITA. Lo que se llama un bendito.

PEDRO. Jamás hizo cosa mala.

RITA. Nunca cometió un desman.

PEDRO. Como que fué capitan
de la faccion de Cucala.

GINES. Sería un hombre de pro.

RITA. Alto y fuerte como un pino

PEDRO. Cortés, comedido y fino.

LUCAS. Ya lo presumía yo,

GINES. Mucho corazon, gran brazo.

LUCAS. Enemigo de atropellos.

RITA. Justo.

PEDRO. Sí señor.

LUCAS. De aquellos
de *religion* y *estacazo*,

RITA. Al prójimo con pasion
amaba como á sí mismo.

PEDRO. Si le rompía el bautismo
era por su salvacion.

GINES. Pues hay certeza y no es casa
de que ese varon modelo
se habrá colado en el cielo
como Pedro por su casa.

LUCAS. Ya lo creo.

GINES. Otros con ménos
se plantan allí de un brinco.

PEDRO. Jóven, vengan esos cinco. (Le da la mano.)

GINES. Gracias.

RITA.	Usté es de los buenos.
PEDRO.	Sí tal, en sus ojos brilla
	la lealtad y la bravura.
GINES.	(Lo ménos se les figura
	que soy algun cabecilla.)
LUCAS.	Y ustedes en su afliccion
	por quebranto tan profundo
	desean que vuelva al mundo
	tan estimable varon.
	Yo les prometo que haré
	cuanto pueda y, con exceso.
RITA.	No es precisamente eso.
PEDRO.	No nos ha entendido usté.
LUCAS.	No tiene á su tio amor?
RITA.	Ah! le lloro sin consuelo.
	Mas si el pobre está en el cielo
	dónde puede estar mejor?
LUCAS.	Sí señora, eso es verdad.
GINES.	(Lo que hoy escucho me aterra.)
RITA.	Volverle al pobre á la tierra
	sería una crueldad.
PEDRO.	Y hasta á su opinion contraria
	fuera la resurreccion;
	porque amigo, esa invencion
	huele á revolucionaria.
RITA.	Tambien he pensado en eso:
	volver un alma á su piel
	es un gran progreso, y él
	aborrecía el progreso.
GINES.	(Vamos, de risa me ahogo.)
PEDRO.	Con ese elixir fecundo
	va usted á hacer en el mundo
	más daño que un demagogo.
LUCAS.	Yo?
PEDRO.	Cuando á la sociedad
	los petroleros agitan,
	si los muertos resucitan
	se acabó la propiedad.
	Cada cual á su heredero
	reclamándole la herencia
	le déjara en la indigencia.
RITA.	Cabal, y adios mi dinero.

LUCAS. Conque dejó patacones
el tio? No pense yo...

RITA. Cucala le destinó
á cobrar contribuciones.

GINES. (Viva la moralidad.)

LUCAS. Conque cobró.

PEDRO. Con exceso.

RITA. Y mire usted para eso
tenía una habilidad...

PEDRO. Cuando alguno perezoso
en el pagar se mostraba
á palos lo deslomaba.

LUCAS. Qué medio tan ingenioso!

PEDRO. Así sin dificultad
vecinos y ayuntamiento
le pagaban al momento
de la mejor voluntad.

RITA. Conque quedamos en fin?...

(Se oyen fuera gritos, tumultos, voces de «Muera.»)

PEDRO. Qué pasa?

LUCAS. Algun atropello.

GINES. Señor, ya pareció aquello.

(Se acerca corriendo por la puerta del foro.)

RITA. Qué ha parecido?

GINES. Un motin.

ESCENA ÚLTIMA.

DICHOS, MARUJA, D. ROQUE, D. ARTURO, PEDRO, HOM-
BRES y MUJERES DEL PUEBLO con garrotes.

MARUJA. Muera ese tio tunante!

TODOS. Muera, muera!

LUCAS. Muchas gracias.

ROQUE. Yo creo que con pegarle
cincuenta ó cien palos basta.

ARTURO. Y romperle los cacharros.

PEDRO. Mejor es romperle el alma.

GINES. (Qué instinto de cabecilla!)

LUCAS. Señores, una palabra.
Resucitar á los muertos
pretendió mi ciencia osada.

ROQUE.   Hombre, y á usted quién le mete
          en camisa de once varas?
RITA.   Esa idea es subversiva.
PEDRO.   Justo, revolucionaria.
MARUJA.   Cuando Dios mata los hombres
          él sabrá por qué los mata.
LUCAS.   Tienen ustedes razon.
RITA.   Pues ya lo creo.
LUCAS.   Sobrada.
          Y en vista de lo que he visto
          ya de específicos basta,
          que no me producen más
          que disgustos y amenazas.
MARUJA.   Pues vámonos.
          (Á D. Lucas, que está muy abatido.)
ROQUE.   Cuidadito
          con volver á las andadas.
LUCAS.   Me hacen de la vida gracia?
          Marchen pues á sus quehaceres
          los hombres y las mujeres
          dejándome en mi farmacia,
          siempre de la ciencia en pos
          más convencido en verdad
          de que es una atrocidad
          ENMENDAR LA PLANA Á DIOS.

FIN DEL PASILLO.

Milton Keynes UK
Ingram Content Group UK Ltd.
UKHW010637290424
441924UK00005B/348